천년의 시 0160

늙어 가는 일이란

천년의시 0160

늙어 가는 일이란

1판 1쇄 펴낸날 2024년 6월 14일
지은이 목영해
펴낸이 이재무
기획위원 김춘식, 유성호, 이형권, 임지연, 차성환, 홍용희
책임편집 박예솔
편집디자인 민성돈, 김지웅, 정영아
펴낸곳 (주)천년의시작
등록번호 제301-2012-033호
등록일자 2006년 1월 10일
주소 (03132) 서울시 종로구 삼일대로32길 36 운현신화타워 502호
전화 02-723-8668
팩스 02-723-8630
블로그 blog.naver.com/poemsijak
이메일 poemsijak@hanmail.net

목영해ⓒ, 2024, printed in Seoul, Korea

ISBN 978-89-6021-768-3
      978-89-6021-105-6 04810(세트)

값 11,000원

늙어 가는 일이란

목 영 해 시 집

천년의시작

시인의 말

지난 3년여 '늙어 감'과 연관된 시상詩想과 시어詩語가 밀려와 내 시 세계를 점령해 버렸다. '사람은 누구나 늙는다'라는, 그동안 건성으로 대해 왔던 말이 실감나게 다가오는 나이에 내가 이르렀기 때문이리라. 이런 절박함에서 지어진 시를 묶어 『늙어 가는 일이란』이라는 이름을 가진, 나의 일곱 번째 시집을 출간한다.

매일매일 실감하는 늙음의 길에 들어서 보니 늙어 감은 불편함과 두려움을 넘어서 영혼을 파괴하는 일로 여겨진다. 이런 맥락에서 보면, 사람에게는 늙어 갈수록 시를 짓고, 시를 읽는 일이 더 필요한 것 같다. 시는 영혼을 풍성하게 하는 영

양제이자, 병든 영혼의 치료제이기 때문이다.

 늙음은 그 누구도 원치 않는 꺼림직한 일이다. 따라서 시인으로 늦깎이 등단하려는 어르신들이 넘쳐 나는 이 시대에도 시인들은 '늙음'을 주제로 한 시를 짓거나, 이를 주제로 한 시집을 출간하려 하지 않는다. 늙음이라는 주제 아래 쓰인 시집으로서 이 땅에 처음으로 출간되는 이 책이 멋지게 늙고자 하는 사람들의 건강하고 가치 있는 삶에 도움이 되기를 희망한다.

2024년 6월 목영해

차 례

시인의 말

제1부 늙음 · 세월 · 인생

제2부 나이는 숫자

산 문

제1부 늙음 · 세월 · 인생

늙어 가는 일이란 1

늙어 가는 일이란
어제보다 나쁘지 않은 오늘을 기도하는 일

여름 지난 나뭇잎은 더 이상 푸르지 않고
손을 떠난 그네의 진폭은 줄어들기만 하고
낡고 닳아 벌어진 문틈은 더 벌어지기만 하기에
늙어 가는 일이란
오늘보다 나은 내일이 아닌
어제 같은 오늘을 소망하는 일

그러고는
오늘이 몇 일인지
오늘이 무슨 요일인지 알지 못하다
끝내는 나이를 헤아리지 않게 되는 일

—어디 보자, 내가 몇 살이더라

영혼다공증

세월이 구멍을 낸다
갉고 갉아서 영혼에 구멍을 낸다

야금야금 커지는 구멍
그 구멍 사이로 바람이 빠져나간다
골목으로 몰려가는 바람

그렇게 영혼을 빠져나간 바람이
입의 옴삭거림이 되고
팔의 삿대질이 되고
무릎의 열리고 닫힘이 되어 흩어진다

쉬지 않는 세월
꼼꼼하기까지 한 세월
여기에도 구멍, 저기에도 구멍이 생겨
영혼다공증 환자가 되나 보다
보고도 못 본 척, 알고도 모르는 척하는
바보가 되나 보다
딱히 좋은 것도, 딱히 싫은 것도 없는
무표정의 인간이 되나 보다

\>

사각/사각/사각

오늘도 아침부터

영혼에 구멍 뚫리는 소리 들리고

구멍 빠져나간 바람은

골목으로 나들이 간다

늙어 가는 일이란 2

늙어 가는 일이란
얼굴에 난 베개 자국만큼 섭섭함이 오래가는 일
한 밤 화장실 가는 횟수만큼 근심이 잦아지는 일

눈을뜨니새벽3시어젯밤9시뉴스보는중에잠이들었으니그럴밖에그
래도사체처럼누워있어야해옆자리에자는어부인이깨면안되니까어제
건성으로대해주던고향후배놈이벌레모습으로자꾸만떠오르고사흘전
다른사람에게는꼬리를흔들더니나에게는어르렁거리던똥개생각이어
제먹은짜장면같이꾸역꾸역올라온다그나저나내일은공짜지하철타고
어디를가보나

늙어 가는 일이란
손등에 바른 로션처럼 즐거움이 빨리 사라지는 일
미소가 무표정 얼굴을 시골 버스처럼 지나가는 일

늙어 가는 일이란
눈에는 파리를
귀에는 모기를 달고 사는 일

늙어 가는 일이란

나이 먹는 것이
겨울날 찬물 한 모금같이 다가오는 일

늙어 가는 일이란
그래도 휘청거리지 않고
담담해하는 일

밥값

"밥값은 하고 사나"라는 말에
아침에 먹은 밥알이 벌떡 일어선다

—밥알의 내부 고발

햇살은 외상값 받으러 온 얼굴로 다가서고
바람은 실없이 다가와 움츠린 등짝을 툭친다

나름 산다고 살았는데
목구멍을 넘어간 밥알은 마뜩잖았나 보다
그랬나 보다

갑갑한 날
어디선가 "밥은 먹고 다니냐"라는 말
낯설게 들려온다

늙어 가는 일이란 3

늙어 가는 일이란
길고 머~언 우주여행을 준비하는 일

우주 비행을 위해 비행사가
우주복을 입어 보고, 무중력상태에 들기도 하듯이
늙어 가는 일이란
나 홀로
다시는 돌아오지 않을
아득한 별자리 여행을 준비하는 일

덜어 내고 비워서
가벼워지다 못해
몸과 마음이 사라질 때까지
먼 여행을 준비하는 일

개코

물건에 코를 댄다
무엇인지 알기 위해

그동안 눈을 사용했다
손에 쥔 것을 알기 위해
그리고 너무 많이 속아 왔다
화사해 보이는 것에
번듯해 보이는 것에
눈이 멀어 버렸다

—눈은 갈대만큼이나 흔들린다는 것을
왜 이제야 알게 되었을까?

시각 현혹의 긴 세월이 흐른 이제는
코를 갖다 댄다
우리 집 개가 코를 땅에 박듯이

세상이 무엇인지
내가 누구인지를
후각을 거쳐

창자에 전해지는 감각으로 느끼기 위해

눈은 감고

코를 킁킁댄다

늙어 가는 일이란 4

늙어 가는 일이란
청국장 냄새가 좋아지는 일
예전에는 거름 밭 두엄 내 같아서 싫어했는데……
단내, 꼬신내, 향내를 좋아했는데

늙어 가는 일이란
나물이 좋아지는 일
예전에는 아삭하지 않고 물컹물컹해서 싫어했었는데……
햄, 소시지, 어묵을 맛있게 먹었는데

늙어 가는 일이란
트로트 가요를 좋아하게 되는 일
예전에는 신파 조 사랑 타령이라 싫어했었는데……
재즈나 클래식 음악을 즐겨 들었는데

늙어 가는 일이란
면 옷이 좋아지는 일
예전에는 옷발이 살지 않아 싫어했었는데……
촉감이 좋지 않음에도 폴리에스텔 옷을 즐겨 입었는데

>
늙어 가는 일이란
풍경 보기가 좋아지는 일
예전에는 멍때리고 있는 것 같아서 싫어했었는데……
TV나 영화 보기를 좋아했는데

늙어 가는 일이란
이렇듯 오감五感이 변하는 일

감성이 낡아 너덜너덜해진 것인지
야금야금 진화한 것인지 알 수는 없지만
늙어 가는 일이란
세계와 내가 엮어지는 방식이 달라지는 일

가볍게 속없이

"소주 한잔하자"는 말이
도수 낮아진 진로만큼 싱겁게 다가온다
건강 위해 짜지 않고, 맵지 않게 먹듯이
툭툭 가볍게
그렇고 그렇게
탈 없이 살기 위해

미세먼지는 더 진해지고
매미 소리는 더 독해지고
겨울 한파는 더 모질어지는데
오늘도 속 빠진 사람끼리 주고받는
밑도 없고 끝도 없고 무게도 없는 말
"밥 한 끼 하자"
"얼굴 보면서 살자"
"연락할게"

구둣발 소리는 골목을 빠져나가고
중천 해는 배시시 웃는데
몸통 실은 체중계는 기다렸다는 듯 솟구친다

늙어 가는 일이란 5

늙어 가는 일이란

먹거리를 손에 들고 먹으면서 길을 걸어 볼 것인지 아닌지를
생각해 보는 일

양복 밑 와이셔츠를 바지춤 밖으로 늘어뜨려 입어 볼 것인
지 아닌지를
고민해 보는 일

저녁밥을 안쳐 볼 것인지 아닌지를
견주어 보는 일

늙는 마누라 속옷을 사 볼 것인지 아닌지를
가늠해 보는 일

몸에 문신을 새겨 볼 것인지 아닌지를
망설여 보는 일

그러다 굳어 버린 습성을 끝내 버리지 못하고
시멘트 반죽을 그것에 덧발라 버리는 일

뱃살

이고 올 수도 없고
지고 올 수도 없어
꾸역꾸역 뱃속에 담아온 세월

배는 불룩하지만
오늘도 나는 허기가 진다

늙어 가는 일이란 6

늙어 가는 일이란
새벽 두 시 반 언저리에 소변이 마려워 깨는 일
소변 본 후 침대에 다시 누워
옆자리 마누라가 깰까 봐 시체처럼 있는 일

늙어 가는 일이란
누워서 없는 고민 만들어서라도 다시 잠드는 일
새벽에 입이 걍~ 말라 다시 깨어 물 한 잔 먹는 일
"건강이 최고"라 웅얼대며 조용히 새벽 운동 가는 일

늙어 가는 일이란
아침 먹고 오라는 곳은 없어도 갈 곳 찾아 집을 나서는 일
저런 일, 이런 사람에게 치대고 치대면서 해 지기를 기다
리는 일
저녁 먹고 소파에 앉아 유튜브 보며 꾸벅꾸벅 조는 일
그러다 안방 가서 쓰러져 자는 일

늙어 가는 일이란
형제 · 친구를 떠나보내듯
이렇게 하루를 보내는 일

삶의 값어치

삶의 값어치를 알고 싶다

푸성귀처럼 살아온 사람
그 사람의 삶은 한 단에 얼마인가?

근육질로 살아온 사람
그 사람의 삶은 한 근에 얼마인가?

지치도록 살아왔지만
가늠할 수 없는 삶의 가격

연기처럼 살아온 사람
그 사람의 삶은 한 모금에 얼마인가?

좋다고 더 가질 수 없고
싫다고 버릴 수도 없는 삶
그 삶의 값어치를 알고 싶다

인생이란 여행길의
밥값은 되는지

숙박비는 되는지
오늘은 땅거미가 들기 전에
꼭 알고 싶다

늙어 가는 일이란 7

늙어 가는 일이란

"자식새끼 다 필요 없다" 하면서……
자식 걱정에서 헤어나지 못하는 일

"요즘 젊은 것들은" 하면서……
그들한테 배워서 햄버거 먹으며 SNS 하는 일

"늙은 내가 멋 내 봐야" 하면서……
미용 시술을 받는 일

"당뇨가 걱정된다" 하면서……
단 음식을 끊지 못하는 일

"입은 닫고 지갑은 열어야" 하면서……
말이 많아지는 일

"부부는 한 이불 덮어야" 하면서……
각방살이 하는 일

〉
"세월이 너무 빨리 흐르네" 하면서……
하루해를 지겨워하는 일

"내가 살면 얼마나 살 것이라고" 하면서……
천 년을 살 것처럼 구는 일

늙어 가는 일이란
앞뒤 안 맞는 짓을 맞닥뜨려도
'그러려니' 하면서 넘어가는 일
아리랑 스리랑 고개를 넘어가듯 살아가는 일

꽃이 진 뒤

'1+1=2'가 아님을
가을꽃이 진 뒤에야 알았다

아파트 한 채에 한 채를 더하면
어김없이 두 채인데
팀장에서 부장 너머 이사직은
셈할 것도 없이 세 구간의 직급인데

문득 꽃 한 송이
내 가슴을 향해 떨어지고
흩어져 날리는 그 꽃잎 셀 수가 없다

한 송이 꽃잎일 뿐인데
겨우 한 손에 담기는 물체일 뿐인데
보이는 모두를 뒤덮어 버렸다

예순아홉 해를 살고 1년을 더 살았다 하여
일흔 살이 되지만은 않는다는 것을
마음속으로 진 꽃
그 한 송이로부터 알았다

늙어 가는 일이란 8

늙어 가는 일이란
당나귀 당근 같았던 보라색 꿈은 뒤로 돌리고
추억이라는 그림자를 앞세워 걷는 일

늙어 가는 일이란
앞서 가는 그림자에게 말을 걸다
헛웃음 지어 보는 일

늙어 가는 일이란
느릿한 걸음 잠깐 멈추고
뒤돌려진 꿈의 안부를 확인하는 일

늙어 가는 일이란
그냥 그렇게 흐르는 세월에
지문조차 드러나지 않는 손가락으로 '인생'이라 써 보는 일

늙어 가는 일이란
보라색 꿈은 뒤로 멀어져 희미해지고
앞선 그림자는 검버섯같이 짙어지는 것을
아침 공복에 물 한 잔 마시듯 받아들이는 일

꽃을 찾습니다

꽃을 찾습니다
'흔들리지 않고 피는 꽃'*을 구합니다

지난 세월, 멋진 인생 꽃을 피우기 위해
흔들리고 흔들리다 보니
시도 때도 없이 삭신이 쑤시고
앉았다 일어설 때마다 '아이고' 소리가 입에서 절로 나며
영혼에는 구멍이라도 난 듯 깜박깜박합니다

꽃을 구합니다
'너무 아픈 사랑은 사랑이 아니'**듯
너무 흔들리며 피는 꽃은 꽃이 아니기에
흔들리지 않고도 피는 꽃을 찾습니다

흔들리지 않고 피는 꽃
이런 꽃이 있다면
남은 세월, 작은 송이의 꽃이라도 피워 보려 합니다
흔들리지 않는 인생 꽃 한 송이 피워 보려 합니다

꽃을 찾습니다

흔들리지 않고 피는 꽃을
에둘러 찾습니다

늙어 가는 일이란 9

늙어 가는 일이란
시간의 경계가 허물어지는 일
밤에는 쉬 잠들지 못하지만
낮에는 때도 없이 졸립고……

늙어 가는 일이란
공간의 경계가 지워지는 일
가까이를 보는 것은 불편하지만
먼 곳 보는 일은 오히려 편안해지고……

……긋고자르고나누고긋고자르고나누고긋고자르고나누고긋고자
르고긋고자르고나누고
아쉽고허전하고홀로있는듯하고아쉽고허전하고홀로있는듯하고아
쉽고허전하고홀로……

늙어 가는 일이란
아는 것과 모르는 것의 경계가 없어지는 일
보아도 들어도 쉬 잊어버리지만
잊었던 옛일은 불현듯 떠오르고……

>
늙어 가는 일이란
기쁨과 슬픔의 경계를 넘어서는 일
좋은 일에 눈물이 나기도 하지만
궂은 일에 웃음이 나기도 하고……

……나이를먹든말든경계야있든없든세월은어이이리도빨리가는가
빨리가는가빨리가는가……

늙어 가는 일이란
이쪽 길도 아니고, 저쪽의 길도 아닌
노인이 되는 길을 걸어가는 일

현인의 말씀

화장실에서 대하는
현인賢人의 말씀
지키기는커녕
바지 주머니에 넣어 두는 사람조차 없어
지린내 나는 곳까지 따라온
순백純白의 말씀

"비워야 채울 수 있다"

흔들리는 오줌발
비워야 하는 것은 마음인데
정작 비워지는 것은 방광

나이 드니 아깝지 않은 것이 없어
그것조차 시원하게 비워지지 않는다

늦은 밤
형광 불빛 아래
저 홀로 반짝이는 현인의 말씀

늙어 가는 일이란 10

자세히 보아야 예쁘다
오래 보아야 사랑스럽다
　—나태주, 「풀꽃」 부분

늙어 가는 일이란
젊은 시절 느끼지 못한
예쁘고 사랑스러움을 느끼게 되는 일

내려갈 때 보았네
올라갈 때 보지 못한
그 꽃
　—고은, 「그 꽃」 전문

늙어 가는 일이란
꽃을 보게 되는 일
젊어서 보지 못한 그 꽃을

머구잎

머구잎에
밥 한술 싸서 씹으면
입안 가득 번지는 맛
소설처럼 살아야 알 수 있다는
연륜으로 느끼는 맛

쓴맛

데친 채소 잎 한 장에 드러나는 삶의 숙성도
리트머스 용지가 되어 버린 암갈색 머구잎

양념장 바른 쌈 한 입
꼭꼭 씹어 삼키면
목구멍으로 넘어간 것은
밥인가
삶인가

"맛있다"

많은 일을 겪고서야 알 수 있는

삶의 맛
감칠맛 나는
데친 머구잎의 그 맛
쓴맛

세월 1

나비의 날개가 봄을 불러온다는데
날갯짓이 과했나 보다
봄 셔츠 소매 끝이 때도 타지 않았는데
쓰윽~ 봄이 지나가 버렸다
봄의 맛에 빠지지도 못했는데
멋진 꽃 사진도 남기지 못했는데
맛만 보이고 봄이 지나가 버렸다
격한 날갯짓이 여름까지 불러와 버렸다

잠자리의 날개가 가을을 불러온다는데
날갯짓이 격했나 보다
가을 코트 깃도 다 펴지 못했는데
훅- 가을이 지나가 버렸다
가을 향에 취하지도 못했는데
단풍잎 한 장 책갈피에 끼우지도 못했는데
맞선 보이고 가을이 지나가 버렸다
지나친 날갯짓이 겨울까지 당겨와 버렸다

나비의 날갯짓에 봄이 짧게 왔다 가고
잠자리의 날갯짓에 가을도 왔다 금방 가고

그렇게 뒷모습만 보이는 세월이 가고

우리 얼굴에는 곤충의 날개 무늬 같은 흔적만 남는다

밥통

그래 밥통이다.

남의 배 불려 주느라
자기 배는 비우는 밥통이다

이득도 없는 일에 말려들어
배 터지게 욕만 먹는 밥통이다

그래도 밥통이 없으면
우리는 생쌀을 씹으며 집을 나서야 하는데……
똑똑한 사람들만 설쳐 대는 세상을 살아가야 하는데……

고맙게도
뱃살 넉넉한 그 모습 그대로
모락모락 김이 나는 그 마음 그대로
싱크대 위에 터 잡은 밥통

밥을 푸러 손잡이를 쥐면
내 손목 잡은 듯한 기분
뚜껑을 열면

내 몸 내음 맡는 듯한 기분

그래 밥통이다
등신도, 바보 천치도 아닌
배부르게 들어도 별로 기분 나쁘지 않은
밥통이다
언제나 속이 따뜻한 보온밥통이다

세월 2

지난 세월 펼치고 보니 평평하다
3D 영화 한 편이 될 줄 알았는데
펼쳐 보니 마룻바닥이다
국민학교 시절 교실 마룻바닥
—그동안 먹어 치운 밥그릇 수가 얼마인데······

살아온 세월 뭉치고 보니 두리뭉실하다
영롱한 보석이 될 줄 알았는데
뭉쳐 보니 주먹만 한 찐빵이다
앙꼬 없는 찐빵
—그동안 신고 버린 신발이 몇 켤레인데······

보낸 세월 쓰다듬어 보니 꺼칠하다
윤기 흐르는 호피 털일 줄 알았는데
쓰다듬어 보니 개털이다
온 동네 쏘다니는 누렁이의 털
—그동안 깎아 낸 머리카락, 손톱, 발톱이 얼마인데······

지난 세월 글로 적어 보니 쓸 게 없다
굽이치는 대하소설이 될 줄 알았는데

적어 보니 한 줄이다

"사는 게 다 거기서 거기" 한 줄

—그동안 만나고 헤어진 사람이 얼마인데……

겉절이 김치

김장 김치 떨어졌다며
늙은 아내가 쓰윽~ 담가 준 겉절이 김치
먹어 보니 괜찮네

잘 익은 장인匠人인 양 출퇴근하던 시절엔
그 반찬 젓가락도 대지 않았는데……

숨도 죽지 않은 배추를
고춧가루, 젓갈, 마늘, 참기름에 버무려 만든 김치
세월 흘러 김장 김치 떨어진 신세가 되고 보니
그것도 씹을 만하네

아니, '삼식이' 소리 들으며 그 김치
삼시 세끼 내리 내리 먹고 보니
내 사는 꼴 겉절이가 되어 버렸네
입안을 겉도는 김치이기도, 김치 아니기도 한
반찬이 되어 버렸네
나이 든 ♂의 처지가 이리 되어 버렸네

세월 3

담벼락 길 세월을 걷는다

한때는
세월이 강물이었고
세월이 무대舞臺였고
세월이 무거운 등짐이었지만
이제 와서 보니
세월은
죽기 살기를 가르는 담벼락의 윗면
그 좁은 윗면의 길 아닌 길이다

세월을 살아간다는 것은
꽃길이 아닌
그렇다고 시궁창 길도 아닌
적자생존의 담벼락 윗면
그 길 아닌 길을 걸어가는 일

세월을 살아간다는 것은
사는 게 사는 것이 아닌 듯
죽는 게 죽는 것이 아닌 듯
그렇게 살아가는 일이다

칼집

칼집을 낸다
매끈하다 못해 지루하기까지 하였던 일상에
시퍼런 칼날을 들이댄다

아프다
청하지 않은 칼날이기에
더욱 쓰리다

어느 조리사의 말이 생각난다
맛있게 조리하려면 고깃덩이에
칼집을 내야 한다고
그래야, 깊은 곳까지 잘 익고
양념 맛이 배어든다던 그 말

칼집 사이로 피가 고여
흘러내린다
벌어진 칼집 틈새만큼이나
삶의 열기가 인생에 깊이 스며들고
흘러내린 피만큼이나
삶의 맛이 배어들려는가?

\>

운명처럼 찾아온 인생의 칼집

그 낯선 행로 앞에

담담한 듯 하고 있지만

이쪽 구석에서 나는 아이처럼 두려움에 떨고

저쪽 구석에서 나는 미식가처럼 입맛을 다신다

세월 4

―세월을 아시는지요?

잔칫상인 줄 알았는데
지나고 보니
세월은 조촐한 밥상입니다
밥을 먹듯 일하고 놀고 자고 했더니
하루가 가고 또 하루가 가고
그렇고 그런 하루가 쌓여
세월이 되어 있습디다

―세월에 색깔이 있는지요
있다면 파란색일까요, 빨간색일까요?

폭우인 줄 알았는데
지나고 보니
세월은 가랑비입니다
모르는 새 옷이 젖듯이
사랑하고 미워하고 부끄러워함에 젖었더니
해가 뜨고 지고
그런 뜨고 지고가 쌓여서

세월이 되어 있습디다

—세월에 음조가 있는지요
있다면 단조일까요, 장조일까요?

강줄기인 줄 알았는데
지나고 보니
세월은 개울입디다
개울이 그러하듯
때로 넘치고 때로 바닥을 드러내며 살았더니
시간이 가고 또 가고
그런 시간에 퇴적되어
세월이 되어 있습디다

—밥상이자 가랑비이자 개울인 세월 속에
그대와 내가 있습니다

에스컬레이터

에스컬레이터를 탄다는 것은
백화점 에스컬레이터에 오른다는 것은
중세 기사가 되어 마상馬上 결투를 하는 일
폼생폼사 결전을 치르는 일

움직이는 발판에 발을 올리면
맞은편에서 돌진해 내려오는 기사
고가高價 브랜드로 무장하였다

올라가는 자와 내려가는 자의 스쳐 지나감
쇼핑 내공이 담긴 눈빛의 교합

한번 스쳐 지나감으로도 그들은 안다
상대편 지갑의 깊이를
상품 보는 안목을
백화점 드나든 이력을
그리고, 귀부인 장식물로 퇴화해 간 중세 기사들의 슬픈
역사를

욕망이 말(馬) 되어 날뛰는 이 저녁

나도 백화점 에스컬레이터에 몸을 싣는다

SAMSUNG 카드를 품고서

허공을 더듬는 한판 교합을 위해

짙게 화장한 승부욕을 위해

세월 5

기꺼이 사라졌다 연두색 잎으로 다시 돋아나는 것은
자연의 길
기쁘게 만났어도 안타깝게 헤어지는 것은
인간의 길
맞닿지 않는 두 길을 잇기 위해
해와 달은 뜨고 지고 뜨고 지고
사람은 일하고 먹고 자며
흘러가는 구름은 빌딩 사이로 나타났다 숨었다 한다

새잎으로 나왔다 탈색하며 지는 것은
자연의 일
얼굴 붉히며 헤어져도 다시 만나는 것은
인간의 일
서로 다른 두 일을 엮기 위해
매화는 백합에게, 백합은 국화에게 꽃자리를 물려주고
사람은 "그래도 그 시절이 좋았지"라고 말하며
새들은 전깃줄에 앉아 두리번거린다

그렇게 이어진 길이 씨줄이 되고
그렇게 엮어진 일이 날줄이 되어

천처럼 짜여지면 세월이 된다
때로는 무명천 세월이
때로는 비단 천 세월이
때로는 나일론 천 세월이

좋은 것 나쁜 것도, 잘난 것 못난 것도
모두 감싸안고 흐르는 세월
그 세월의 오밀조밀함 속에
나는 책 보따리 어깨에 두른 소년이 되어 서 있다

슬픔은 없다

꾸역꾸역 올라오는 것이 슬픔이면
꾸역꾸역 내려가는 것은 밥

밥의 힘으로 삼켜 버린 슬픔
지금은 무른 지방질 되어
내 살의 어느 단층을 이루고 있겠지

봄날 꽃잎이 밥알인 양 흩어진다
속 모를 슬픔이 툭툭 창자를 건드리는 것이리라

슬픔도 살아가는 일의 한 조각
그래 먹는 것이 좋겠지
비극 드라마의 시청률이 더 높다는데
애잔한 발라드 곡의 인기가 더 좋다던데
견고한 슬픔일지라도 곱게 바스라지도록 꼭꼭 씹어
멋있게 먹는 것이 좋겠지

꾸역꾸역 올라오는 슬픔이라도
밥과 함께 꾸역꾸역 다시 내려가기에
세 번만 삼키면 하루해가 가고

흘러가는 세월은 약이기에
밥 먹을 힘만 있으면
견디지 못할 슬픔은 없다

세월 6

길바닥에 그려진 동그라미 속 '30'
이 속도를 지키면
종잇장같이 생각하고
잔물결 위 햇살같이 움직이는 아이도
안전하다는데
세월이여 '30' 이 속도로 가면 안 되겠는가
사양 낮은 구형 컴퓨터같이 굼뜨고
만두피 같은 감성을 가진 늙은이에게는
천천히 다가와서 느릿느릿 가면 안 되겠는가
피부에 기름기 마르는 것도 서러운데
새 기계 앞에 자라목 하기에도 바쁜 사람에게는
소달구지 속도로 가면 안되겠는가
버킷 리스트 손에 쥔 내 앞에서는
슬금슬금 흘러가면 안 되겠는가
길가 꽃에 눈길이라도 줄 수 있게
도로변 식당 메뉴판이라도 들여다보게
멀미 나는 속도를 줄여 주면 안 되겠는가
정녕 안 되겠는가

어느새

돌아보니
발자국에 새 한 마리 앉아 있다
'어느새'
등줄을 타고 흐르던 햇살은
아파트 건물 사이 노을로 굽어져 가고
발걸음은 점이 아닌 선으로 남으려는데
새가 운다
돋보기를 준비하라고
'케토톱'을 사다 놓으라고
시간보다 빠르지만
뱃살보다는 무겁게
새가 운다
키보다 곱으로 길어진 그림자 뒤로
발자국은 미적거리고
구멍 난 주머니에서 세상일은 줄줄 흘러내리는데
어느새가 저리도 운다고
일러바칠 곳도 없어진 나이에
늦가을 저수지 같은 발자국 속에서
새가 날개를 접고 있다
어느새가

세월 7

가는 세월이 어린 시절 야밤 뒷간같이 여겨질 때
매일매일 닳아지고 얇아져 사라질 것이란 생각에
가슴이 새의 것을 띠어 갈 때
튼튼한 줄을 엮는다
두려움의 우물물 퍼낼 두레박줄을
문득문득 떨리는 늑골을 고정시킬 압박 끈을
지워질 이름과 불릴 이름을 잇고 이어서 만든다
뒤의 강물이 앞선 강물을 이어 가는 강줄기를 보며
든든한 생명 띠를 엮어 낸다

해가 뜨고 지고, 꽃이 피고 지고, 연어 떼가 바다를 떠났
다 돌아오듯
대를 이어 길게 길게 이어질 그 생명의 동아줄이
세월이 격하게 흐르고 흘러가도
풍금 소리 들리는 거실에서
차 한잔 음미할 수 있게 한다

버티기

주머니 속의 지폐가 버티기 힘들 듯
버티기 힘들다

실타래 엉키듯 엉켜드는 세상일에 맞서
나는 버티기가 쉽지 않다

입속 말이 버티기 힘들 듯
두루마리 휴지처럼 눈앞에서 줄줄 풀어지는
운명의 간지奸智 앞에서
정말로 버틸 수가 없다

누군가의 손길 없이는
누군가의 따뜻한 말 한마디 없이는
정말로 버티기가 힘들다

하여, 오늘 나는 누군지는 모르지만
손 따뜻한 사람을 온종일 기다리고 있다
맞은 자리가 비어 있는 시소에 앉아
손가락 꼽으며 기다리고 있다

세월 8

바람의 치맛자락을 들춘다
드러나는 종아리에서 감지되는
소년의 눈길
가슴 두근거린 수만큼
해가 뜨고 져서
괘도는 닳아 헐거워지고
그 위로 시간은 마찰음 없이 흐른다
바람보다 빨리 달려
얼굴에 거미줄 문신을 새긴다
옷매무새를 바로잡을 겨를도 없이
꽉 끼는 옷이 되게 한다

마주칠 때마다 놀라는 거울
그 안에서 포착되는 오래 묵은 눈길
들추어도 드러나지 않던
눈길의 길목
그 길목에서 돌아보면
모든 일이 화사한 꽃잎의 순간인데
바람이 이끄는 길을 가던
그 시절 소년의 눈은 떨고 있다

날리는 치마 밑단처럼 흔들리고 있다

길은 예나 지금이나 같은데
소년은 두근거리며 걷고
나든 이는 돌아보며 뒤돌아보며 걷는다

사랑은 계절처럼

봄날의 사랑은
가슴에 담지 않으리
꽃을 본 듯 눈에만 담으리
꽃이 진 후의 우울함을 생각하며

여름날의 사랑도 마음에 심지 않으리
가랑비 맞은 듯 살갗에만 머물게 하리
비 그친 뒤의 축축함을 생각하며

가을날의 사랑도 심장에 남기지 않으리
과일을 베어 문 듯 혀끝에만 남기리
상한 과일의 씁쓸한 맛을 기억하며

겨울날의 사랑도 영혼에 새기지 않으리
바람 소리 들은 듯 귀에만 맴돌게 하리
바람 지난 후의 적막함을 생각하며

사랑은 계절처럼 흘러가게 하리
사랑의 상처는

너무도 아프기에

그냥 가게 하리

세월 9

휘어지는 철길을 따라
세월 속으로 들어가는 마음
그 마음을 쫓아 열차가 산허리를 감아 돌자
객차 창문 가득 강이 담기고
세월인 양 흐르는 강물 위에
생각의 조각들이
은빛 파도로 반짝이다 사라지고
끝없는 욕망의 조각들이
금빛 파도로 반짝이다 사라진다

강물을 이루는 금빛과 은빛 사연들의 아우성
물결처럼 일렁이는 기억들

앉은 자세를 고치고
눈길을 바꾸어
마음의 강물에 생각을 띄워 보니
세월의 애환을 지켜본 강물은
세상일에 지쳐 있는 나에게 보여 주고 싶었나 보다
원한의 은빛 물결도 하늘 한번 올려보면 사라지고
환희의 금빛 물결도 눈 한번 깜박임에 사라지는 것을

세월은 그렇게 엮어져 흐른다는 것을

열차는 여전히 강을 따라 달리고
강물은 어둠 속으로 조금씩 잠겨 드는데
눈 감으니
가슴속에 반짝이며 흘러가는 세월

선·담·종이비행기

점과 점을 이으면 선이 되는데
그대와 나를 이었는데 담이 되었네
아래편 묵은지 같은 선들은 기억조차 없는데
눈길로 날아간 선은 부담이 되고
말로 날아간 선은 아픔이 되고
글로 날아간 선은 상처가 되었나 보다
그 선들이 쌓이고 쌓여 담이 되었나 보다
이제는 부서지지도 않는 담
긴 시간 서성이다 못해
담 밑에 앉아 종이비행기를 접는다
빈 하얀 종이로 접어 날린다
그 비행기 담 위로 솟아오르면
―그대 알려나
점과 점을 이으면 선이 되고
그 선을 마주 보며 당기면
담 아닌 다리가 된다는 것을
비행기에 실린 내 마음을

세월 10

세월은 가도 좋으리라

파도는 나를 향해 밀려오지 않고
꽃은 나를 위해 더 이상 잎을 열지 않으니

세월은 가도 좋으리라

양손 가득 뱃살이 잡히고
마음은 오래된 속옷 같아졌지만
밥 먹다 달려 나온 이의 표정까지 헤아릴 수 있는 이즈음
노래하다 가사가 틀려도 아무렇지 않은 이즈음

나에게로부터 세월은 떠나가도 좋으리라

멀리멀리 떠나가
막다른 길에서 다시 마주칠지라도
"힘들었지"라며 껴안을 수 있기에
잠든 아이의 숨소리처럼 그렇게
세월은 흘러가도 좋으리라

낙법

어제는 나풀거리며 떨어졌었는데
오늘은 무겁게 떨어지고 있다
하루하루가 떨어지는 날들인지라
낙법落法이 필요하다
끌어내리는 힘은 언제 어디서나 작동하고
사는 곳곳이 크레바스*인지라
떨어져도 상처 입지 않을 기술이 있어야겠다
길만 나서면
발목 거는 발들이 도처에 숨어 있고
목덜미 낚아채는 손들이 춤을 추는지라
엎어지고 자빠져도
아무 일 없다는 듯 일어날 수 있는 재주를 가져야겠다
어떤 꼴로 떨어져도
낭떠러지 아래에서 툭툭 털고 일어나기 위해
먼저 떨어진 사람을 일으켜 주기 위해
낙법을 익혀야겠다

낙법이 필요하다
품새야 어떠하든 생존 기술이 필요하다

* 크레바스: 빙하의 표면에 깊게 갈라진 틈.

흠결

흠결이 있어 싸다는 말에 사 온 사과
과일 장수 말대로 맛은 좋다

우리네 삶도 그러하지 싶다

인생 1

"인생 별것 있나"라는 말에서
막다른 골목의 냄새를 맡는다
바스러져 내리는 시멘트 벽, 그 앞에 놓인 의자
세수도 안한 몰골로 그 의자에 앉으면
슬금슬금 다가오는 냄새
하늘에는 구름이 담배 연기처럼 흩어지고
담벼락 아래 풀포기는 잔바람에 흔들리는데
한쪽 다리 걷어 올린 추리닝 차림으로 앉으면
맡을 수 있는 냄새
햇살 김빠진 늦은 오후에 맡을 수 있는
오늘도 일없이 지나감을 확인시켜 주는
담 너머 라디오 노랫소리에서 나는
그 냄새

정체 모를 그 내음이 인생 타령 한마디에서 난다
모락모락 피어오른다

설거지

설거지를 안 해 본 사람도 알지요
상 차리기는 멋이 나고
먹는 일은 즐겁지만
설거지는 구정물에 손 담그는 일이라는 것을

설거지 해 본 사람은 알지요
살기 위해서 먹은 그릇보다
먹기 위해서 산 사람의 그릇이
더 지저분하다는 것을
살기 위해 먹은 설거지는
맑은 물과 수세미만 있으면 되지만
식탐食貪 위해 먹은 설거지에는
세제洗劑 바른 수세미와 고무장갑이 있어야 한다는 것을

설거지하는 사람은 기원을 하지요
먼 후일, 삶을 설거지하는 날
먹기 위해서 살았던 그릇이 아니기를
살기 위해서 먹은 소박한 그릇이기를

인생 2

직선이 꺾이고 꺾이면
계단이 되듯이
살아가다
무릎이 꺾이고
허리가 꺾이면
생기는 삶의 계단

그 끝을 알지 못해도

잘생긴 사람도
못생긴 사람도
피할 수 없는 인생길의 계단

반지하방에 살아도
초고층 아파트에 살아도
누구나 마주해야 하는 계단

먼 길 걷고 또 걸어
그 끝에서 뒤돌아보면
꺾이고 꺾이고 또 꺾여 있어도

결국에는 긴~ 오르막인 길

꺾이고 치솟는 선같이
호흡 불규칙해지고
다리가 휘청거려야 오를 수 있는
너와 나 삶의 길

누가 말려 주세요

누가 좀 말려 주세요
하루가 너무 길다고 징얼대는 사람
그러면서도 "언제 이렇게 나이를 먹었냐"며
넋두리하는 저 인간
누가 뫼비우스 띠로 묶어 놔 주십시오

누가 좀 말려 주세요
입맛이 없다고 궁시렁대는 사람
그러면서도 "살이 언제 이렇게 쪘냐"며
투덜거리는 저 진상
누가 레테의 강에 빠트려 주십시오

해 뜨고 지면 세월이 가듯이
앞뒤 어긋남이 굳어 버리기 전에 그렇게 해 주십시오

누가 좀 말려 주세요
손가락도 까딱하기 싫다는 사람
그러면서도 입놀림은 멈추지 않는 저 화상
누가 보로메오 매듭*에 매달아 주십시오

대롱대롱 매달아 주십시오

* 보로메오 매듭: 세 개의 원이 서로 맞물려 매듭을 이루고 있는 형상.

인생 3

마른 잎사귀 듬성듬성 남은 나무 밑으로
모자 쓴 할매 한 사람 지나간다
첫 생리, 첫사랑, 첫 출산의 기억을 실은 빈 유모차를
기대듯 밀면서

노을은 슬금슬금 어둠에 집어 먹히고
옷자락은 바람 부는 대로 흔들리는데
나뭇잎 부스러지는 소리
할매의 느린 발걸음 따라
울음인 듯, 웃음인 듯 들린다

살아 보니

슬픈데 눈물은 나지 않고
'먹방' 프로에 눈길이 간다
TV 속에서 일류 셰프라는 사람이 요리를 한다
식재료가 아닌 슬픔을

살아 보니 슬프지 않은 날이 없는데
지나고 보니 조금이라도 슬프지 않은 땅이 없는데
신선 야채 같은 슬픔을 데치어 무치고
묵은지 같은 슬픔을 썰어 냄비에 끓인다

먹을 것이 없어 슬픈 것이 아니라
먹어도 먹어도 채워지지 않는 허기 땜에 슬픈 날들인지라
미쉐린 셰프라는 이가 먹방에서 요리를 한다
슬픔을 맛있게 삼켜 버리라고
슬픔을 살점 속에 차곡차곡 재워 두라고
눈으로만 맛볼 수 있는 요리를 한다

—오늘, 혀는 외롭고
코는 시큰거린다

인생 4

불룩 튀어나온 것은
움푹 들어간 것과
그냥 퉁치고

제라늄의 화사한 꽃 색은
향긋하지 않은 꽃 내음과
마지못해 퉁치고

한여름 무더위는
백사장 비키니 차림과
섹시하게 퉁치고

배불뚝이 아저씨의 대머리는
두툼한 지갑과
속 보이게 퉁치고

자식 애먹이는 것은
내 부모 속 뒤집은 것과
후회스럽게 퉁치고

>
이렇게 퉁치고 저렇게 퉁치면
우주가 평형을 이룰 것 같은데

고장 난 저울같이 마음은 일도 없이 출렁거리고
빈주먹으로 가슴 퉁퉁 치고 싶은 것은
무엇 때문일까?

귀 기울이니
"'퉁' 쳤으니 패 돌려"라는 말
옆집에서 들려온다

그렇게 살고 싶다

천천히 천천히
그래도 너보다는 조금 빨리 걷고 싶다
먼저 가서 너를 반갑게 맞이할 수 있게

무겁지 않게, 무겁지 않게
그래도 너보다는 조금 더 무겁게 지고 싶다
네 짐이 덜어진 그만큼 무겁게

풍경 소리 한 점에도
풀잎 서걱대는 소리 한 소절에도
우주의 이치가 담겨 있다지만
낮은 목소리로, 낮은 목소리로 말하고 싶다
네 목소리가 잘 들리도록

맑은 얼굴로 너를 대하며
세상을 그렇게 살고 싶다

인생 5

기쁨이 넘치면 꽃이 되고
시름이 깊으면 풀이 된다

부귀하다 하여 시름이 없을까?
빈천하다 하여 기쁜 일이 없을까?

열 손가락의 접고 폄이 거의 두 자릿수에 이르도록
봄을 맞이하고 떠나보냈지만
아직도 경쟁자 얼굴같이 다가오는 세상일

기쁜 일들은 만 가지 꽃이 되고
시름겨운 일들은 흩어져 잡초가 되었다

하지만 세월이 흐르고 때가 바뀌면
슬픈 일이 기쁜 일이 되기도 하는 법
기쁜 일이 슬픈 일이 되기도 하는 법

빈방에 앉아 있어도
늘어나는 그림자 길이에 쫓겨
조급해지는 시간

눈빛 흐려지는 우리에게 이제 남은 일은
꽃잎과 잡초의 흔들림을 지그시 바라보는 일
꽃의 기쁨도, 풀의 시름도 술잔에 담아 마셔 버리는 일

제2부 나이는 숫자

세월의 냄새

다져진 세월에서는 마늘 냄새가 난다
저녁을 준비하던 엄마에게서 나던 그 냄새가

익은 세월에서는 술 냄새가 난다
퇴근길 아버지에게서 나던 그 냄새가

갈아진 세월에서는 과일 냄새가 난다
사과즙을 내미는 아내에게서 나는 냄새가

달리는 세월에서 땀 냄새가 난다
운동장에서 뛰어노는 아이에게서 나는 냄새가

세월에서는
열심히 살아가는 사람의 세월에서는
그렇게 행복의 냄새가 솔솔 난다

세월의 힘

우산을 펴니
살이 하나 없다
지나가던 할배가 웃는다
이빨이 없다

세월의 힘은
부족함도 웃게 만드는가?

아이들이 터진 울타리에서 나와 웃는다
앞니가 없다

세월의 힘은
부족함도 웃게 만드는가?

살아온 세월의 힘과
살아갈 세월의 힘이
끈처럼 엮어지는 세상

세월의 힘은
세상 속 어떤 부족함도

웃게 만드는가?

몸에 배인 쓴 웃음도
환한 웃음으로 바꿀 수 있는가?

동백꽃

벚꽃이나 개나리꽃은
스쳐 간 이들의 이름같이 떨어지지만
붉디붉은 동백꽃은
첫사랑 이름같이 떨어집니다

꽃도 이름도 모두 떨어져 밋밋해진 동백나무
그 아래로 초로初老의 여인 하나 지나갑니다
누구나 한 벌씩 깊이 간직하고 있는 동백꽃 무늬 옷을 꺼
내 입고……
꽃그늘보다 애틋한 그림자를 길게 끌면서

이런 꽃, 저런 꽃은
스쳐간 정인情人의 모습같이 떨어지지만
이른 봄 동백꽃은
첫사랑 얼굴같이 마음속에 떨어집니다
세월이 흐르고 나이가 쌓일수록
더욱 아련하게 떨어집니다

나이는 숫자

'나이는 숫자'일 뿐이라는데
달력 속 숫자들이 승냥이 되어 다가온다

지난해 달력의 숫자 이즈음보다
팔다리는 더 쑤시고
새벽잠은 더 일찍 깨어나고
깜빡 잊음은 더 잦아졌다

단지 숫자에 불과하다는데
나이는 그렇다는데……

'나이는 숫자'라는 말을 들으니
"이것 한번 먹어 봐" 하며 홀리던
시골 장 약장수가 생각난다

나이 먹는 일 1

나이는 지갑에서 돈이 빠져나가듯 그렇게 먹는다는 것
정년퇴직 대상 통보를 받고서야 알게 되었다.
—자기 모르게 일어나는 일이 어디 지갑 얇아짐과 나이 먹
는 일뿐이랴

나이는 겨울이 다가오듯 그렇게 먹는다는 것
지하철 노인 무료 승차권을 손에 쥐고서야 알게 되었다
—어느새 가을은 지고 내 얼굴에 검버섯은 피고

나이는 육상 선수가 달리듯 그렇게 먹는다는 것
손녀딸 초등학교 입학식 날 알게 되었다
—딸의 초등학교 입학식이 엊그제 같은데⋯⋯

나이는 산길을 밤에 걷듯 그렇게 먹는다는 것
자리에 눕는 친구가 늘어나면서 알게 되었다
—어린 시절 재래식 화장실을 밤에 가는 일은 정말로 무
서웠지

해마다 연말 망년회 술잔이 부딪히고, 제야의 종소리는 우
렁차게 울리고

그도 모자라, 음력설 귀성 귀경 소동이 매년 반복되었어도
나이 먹는 것에 건성건성 하였는데

나이를 먹는 일은
아라비아숫자 하나 더해지는 일이 아니라
절실하게 먹먹막막해지는 일이라는 것을
숨이 차도록 나이를 먹고서야 알게 되었다

나이 들어 보니

나이 들어 보니 알겠네
앉았다 일어서면
"아이구" 소리가 입에서 절로 난다는 것을

―누구에게나 꽃인 시절이 있다

늙어 보니 알겠네
소파에 앉으면
TV 소리가 깜빡 수면제가 된다는 것을

―누구에게나 무지개인 시절이 있다

아버지 나이가 되어 보니 알겠네
머리가 허얘지면
홀로 중얼거리게 된다는 것을

―누구에게나 해인 시절이 있다

세월 지나 보니 알겠네
나도 늙는다는 것을

꽃처럼, 무지개처럼, 해처럼 끝내는 진다는 것을

—문득 아버지가 보고 싶다

나이 먹는 일 2

나이 먹는 일이 두렵다지만

나이 먹는 일이
어린 시절 재래식 화장실에 가던 일만큼 무서우면
어두운 밤길을 혼자 걷는 것만큼 겁이 나면
고장 난 엘리베이터에 갇히는 일만큼 공포스러우면
아직은 늙은 것이 아니랍니다

―"늦가을 밤 9시 뉴스입니다.
UN은 80세 이상의 사람을 '노인'이라고 규정하였습니다"

나이 먹는 일이
밥을 물에 말아 먹는 일 같아질 때에야
허리띠 없이 바지를 입는 일 같아질 때에야
이불을 위아래 모르고 덮는 일 같아질 때에야
늙었다 할 수 있답니다

나는 아직 늙는 것이 무섭지만
우수리강 강바람의 전언에 의하면
노인이 된다는 것은
나이를 그렇게 먹는 사람이 되는 일이랍니다

늙어 가는 내음

마음 머문 자리에서 젓갈 냄새가 난다
어릴 땐 젖비린내가 났었고
나이 들면서는 밥 내음, 과일 내음, 술 냄새가 나더니
이제는 젓갈 냄새가 난다

내뱉지 못한 말, 토하지 못했던 감정들이
쌓이고 쌓여 곰삭은 젓갈이 되었나 보다
소금에 버물린 새우가, 굴이, 밴댕이가 젓갈이 되듯이
속으로 삼켜 버린 말과 감정이 "사람 좋다"는 평판에 버
물려져
인생 젓갈이 되었나 보다
겉은 점잖은데 속은 곰삭아 버린 사람
"난 뒤끝은 없어"라고 태연하게 말하는 인간을 부러워하
는 사람
그런 늙은이가 되어 버렸나 보다

입맛 없는 이 저녁
흰쌀밥 위에 올린 창난젓을 찐 호박잎에 싸서 먹어야겠다

나이 든 이의 노래

젊은이 귀때기같이 새파랬던 하늘
어느새 나든 이의 듬성듬성 머리색으로 변하더니
이제는 비가 주룩 주루룩 내린다
그 귀때기 같았던 하늘이……

파란 하늘의 햇살과
비 맞은 땅의 촉촉함이
얽히고설키어
온갖 살아 있는 것들을 키운다지만
꼴을 갖춘 모든 것을 넉넉하게 한다지만

비 젖은 저녁
술내 나는 늙은이의 노래는
장사치들 떠난 이동 야시장 장터 같다

인생 내음

하루가 강물같이 지나가는 날에는 차를 마시고
하루가 퇴근길 자동차같이 지나가는 날에는 술을 마시고
하루가 바람같이 지나가는 날에는 물을 마시고
하루가 소똥구리 걸음같이 지나가는 날에는 과일 주스를
마신다

차 하루 · 술 하루 · 물 하루 · 주스 하루가 엮여서 흘러가
는 세월
그런 세월을 이고 지고 싸안는 인생
벗겨 보면 누구나 버티듯 살아가는
영화보다 더 영화 같고 소설보다 더 소설 같은 그 인생

어제 하루 인생에서는 술 냄새가 났었는데
오늘 하루 인생에서는 과일 내음이 난다

늙어 가는 서글픔

벌어진 이빨 사이사이에 반찬 조각이 끼듯이
벌어진 나이 사이사이에 서글픔이 끼어든다
느릿느릿한 서글픔이……

새싹을 만지는 중에도 서글픔이 끼어들고
여름 꽃 향기를 맡는 중에도
높고 푸른 가을 하늘을 올려보는 중에도
따끈한 어묵 국물을 먹는 중에도
깜빡이도 켜지 않고 서글픔이 끼어든다
주름진 서글픔이……

얕은 물 밑으로 물고기가 보이듯
언뜻언뜻
가족과 여행했던 장면이
친구와 술잔 기울이던 장면이
직장 일에 열심이던 장면이
굳은 얼굴의 묵은 근육을 풀어 주기는 하지만

틈새만 있으면 서글픔이 끼어드는 이유를 알기라도 하는 듯
들뜬 마룻바닥은 삐걱거리고

여기저기 보푸라기 핀 옷자락은 바람에 펄럭인다

—오늘 저녁에는 이빨 사이에 서글픔이 끼어들지 못하게
나물 반찬을 먹지 말아야겠다

늙음 택배

새벽 배송 택배로 배달된 '늙음'
'자고 나니 유명인', '자고 나니 부자'라더니
자고 일어나니 '노인'이 되어 버렸다

주문하지도 않은 것이기에
배송지를 확인해 보니 틀림이 없는데
주문 결제자 표시가 없기에 늙음의 반송은 불가하단다

실버색 주름 가득 무늬 박스로 배달된 택배
부산에서 서울 가는 길만큼이나 내용물이 뻔한지라

외로움 · 우울 · 무기력 · 느림 · 질병…… 그리고 사라짐

택배 박스에 칼을 댈 엄두가 나지 않는다

'아직은', '아직은'이라 주문을 외웠는데
나도 모르게 새벽 택배로 내 것이 되어 버린
'어르신'이라는 호칭

빌딩 65층 창밖 발밑을 내려보는 느낌,

핸드폰도 터지지 않는 산속에 있는 기분이기는 하지만

오늘도 해는 뜰 것이고
압력밥솥에는 밥이, 냉장고에는 반찬이 넉넉하고
지하철 공짜 표도 있기에
무표정 얼굴에 표정 하나 그려 넣고
스마트폰 SNS에 접속한다
작은 꽃송이라도 되어 줄 소일거리를 찾기 위해

늙으나 낡으나

늙으나 낡으나
닳을 수밖에 없다는데
치수 작은 신발 같은 하루
닳은 틈새로라도 가끔은 하늘을 보자
하늘이 파란색임을 눈에 담아 보자

늙으나 낡으나
주름질 수밖에 없다는데
마룻바닥 같은 일상
주름 접힌 푹신함 위에
때로는 누워 보자
세상 바닥이 딱딱하지만은 않음을 느껴 보자

늙으나 낡으나
때가 탈 수밖에 없다는데
순백의 천 같은 시간
때 묻은 옷차림으로 흙장난이라도 하여 보자
나도 어린 시절이 있었음을 되새겨 보자

늙으나 낡으나

피할 수도 거절할 수도 없는 이 길
차라리 물 마시듯 벌컥벌컥 마셔 버리자

퇴직

시간을 매립하려 합니다
고깃배 잃어버린 어부에게 그리하듯
출근할 일이 사라지어 바다가 되어 버린 시간
그 망망한 시간을 산 깎고 들을 파내 매립하려 합니다
파도같이, 거품같이 살 수는 없기에
눈여겨봐 둔 자갈과 흙으로 시간의 바다를 메우려 합니다
매립한 곳에 나무를 심고, 도로도 만들고, 건물도 세우고,
공항도 건립하려 합니다
시간의 바다만 바라보는 망부석일 수는 없기에
멍텅구리배* 같은 늙은이가 될 수는 없기에
시간의 바다를 춤추듯 메우려 합니다
미뤄 왔던 깔 맞춤 세계를 만들어 보려 합니다
눈 반짝이는 나든 이가 되어 보려 합니다

* 멍텅구리배: 자체 동력 기관이 없어 물살에 떠밀리거나 다른 배가 끌
어 줘야 움직일 수 있는 배.

인생 선

이제는 그어야 해
어린 시절 눈 흘기며 책상에 선을 그었듯이
선을 그어야만 해

들려야 할 경조사의 선을
분리수거까지냐 설거지까지냐의 가사 분담 선을
아는 체 할지 말지의 참견 경계선을

포장 끝난 아스팔트 길에 차선을 긋듯이
주~욱 그어야 해

먹고 살아야 함에도 지켜 내야 할 자존심의 선을
용납할 수 있는 하얀 거짓말의 선을
결코 넘지 말아야 할 양심의 선을
이제는 그어야 해

스타킹 댄싱 줄 선 같아서는 곤란하지만
하늘을 찢어 놓는 고압전선 같아서도 안 되지만

남은 삶, 산 듯이 살기 위해
꼭꼭 눌러 가며 그어야 해
인생의 선을 확실하게 그어야 해

인생길

얼마나 많은 차가 지나다녔는지
얼마나 무거운 하중을 견뎌야 했는지
갈라지고 파인 인생 길바닥

이런 아스팔트 길을 달릴 때에는
조심해야 한다
파인 골에 빠지지 않도록
마음 다치지 않도록
머잖은 목적지까지
앞을 똑바로 보고 가야 한다

꽃밭이 보여도
금빛 언덕이 있어도
한눈팔지 말아야 한다

속도를 늦추고
브레이크 밟을 준비를 하고 있어야 한다
인생길은 그렇게 나아가야 한다

자식이 벼슬이다

자식은 벼슬이다
내가 자식일 땐 몰랐는데

손이란
뭘 먹을 때나
돈 달랄 때만 쓰고
하고픈 것 안 들어주면
"이러려면 뭐 하러 낳았냐"는
애들을 보니
자식 노릇은 분명 벼슬살이다

애비는 노비이고
어미가 아전衙前이면
'자식'이라는 자리는 벼슬이다

나도 한 번은 누려 보고 싶은
정일품 벼슬이다

그때는 그랬지

맞아, 그때는 그랬지
지금은 아니지만

맞아, 그때는 그렇게 하는 것이 옳다고 했지
지금은 아니라지만

맞아, 그때는 그런 것을 예쁘다고 했지
지금은 아니라고 말하지만

하지만 그대여
그때는 물을 길어다 먹었고 지금은 사서 먹지만
그때는 사진첩을 열었고 지금은 폰 갤러리를 열지만
그때는 상주喪主 옷이 흰색이었고 지금은 검정색이지만
　봄날 꽃잎 사방으로 날리면
가슴에 아지랑이가 마구마구 피어나고
　가을날 낙엽 우수수 떨어지면
가슴 한 켠에 구멍 횡~ 뚫리며
　첫눈이 내리면
가슴은 마당을 뛰어다니는 강아지가 됩니다

\>

그랬다는 그때나

아니라는 지금이나

내 가슴은 그렇게 작동합니다

누가 뭐래도 그렇게 움직입니다

버킷 리스트

마음에 박힌 사리捨離

참고
참고
또 참았다

해 보고 싶은 것을
가 보고 싶은 것을
먹고 싶은 것을

'가족'이라는 이름으로
'형편'이라는 이름으로
'다음에'라는 이름으로……

긴~ 갈망의 결집체
이제는 한 겹 한 겹 순서대로 벗겨 적어
생명을 불어넣어 움직이게 하려 한다

근육세포들이 더 물러지기 전에
세상살이 허들이 더 높아지기 전에

'엄두'라는 말이 깊은 곳으로 잠수해 버리기 전에
내 속의 지니*를 불러내려 한다

머잖아 긴 여행 끝내는 날
'좋았어'라며 엄지를 척 세울 수 있도록
심장의 쫄깃함을 느껴 보려 한다

* 지니: 주인의 요구를 수행해 주는 알라딘 요술램프의 요정.

노안

인생의 모습
가까이에서는 보이지 않는다

인생의 모습
멀찍이 해야만 잘 보인다
그래서 나이를 먹으면 노안이 되나 보다

고개 들어 보니
구름 한 점 산 위를 흘러 흘러 간다

립 서비스

살아가기 위해
사지를 버둥거리는데
저들은 날더러 부지런하다 한다
거미줄 인연에서 벗어나기 위해
늪 같은 일상에서 빠져나오기 위해
온몸으로 허우적거리고 있는데
저들은 날더러 활기차다 한다
젊게 살아가는 모습이 멋있다 한다
산전수전 다 겪은 세상살이 선수들이
립 서비스를 해 주겠다 한다
정작 자신에게 하고 싶은 말을 나에게 던지려 한다
밑 빠진 목소리로 웅얼거리려 한다
피차간 빈손에 상처투성이인데
허구한 날 응원해 주겠다 한다

어른도 상처받는다

어른도 상처를 받는다
—젊은 사람들아
그러니 깨진 병 같은 말은 내뱉지 말아 다오
세월에 부대껴 엷어진 살은
뾰족하고 날카로운 것에 더 잘 베이고 찢어진다

어른의 상처도 아프다
—어린 사람들아
그러니 포크로 반찬을 헤집듯
상처를 헤집지 말아 다오
닳아 느슨해진 신경 줄에도
고통의 진통은 예민하게 타고 흐른다

끌리는 것만 보는 너희 눈에는 보이지 않겠지만
세상에 상처받지 않는 것은 없다

'게보린'부터 찾는 너희들은 모르겠지만
세상에 헤집으면 아프지 않은 상처는 없다

쇠도 돌도 녹인다는 사람들아

너희들도 깊은 밤 새소리에 잠 못 들기도 하느냐
너희들도 비에 떨어진 꽃잎을 보면 가슴이 아프냐

상처받은 청춘을 말하는 사람들아
나이 든 어른도 상처를 입는다
아프지 않은 청춘이 없음을 하드디스크에 새기는 사람들아
늙은이에게도 상처는 참을 수 없이 아프다

어른에게는
아들의 상처가 자신의 상처가 되고
딸의 아픔도 자기 아픔이 되기에
어른에게는
상처 없는 날이 없고
아프지 않은 날이 없다

─이 어리고 젊은 사람들아

이럴 때에는

눈이 침침해질 때에는
안과 아닌 서점으로 갈 일이다
눈을 밝게 하는 것은 비타민 A가 아닌
혈관을 타고 흐르는 문자
선글라스라도 낀 듯 앞이 컴컴해지는 날에는
'토비콤'이 아니라 책을 읽을 일이다
미음같이 묽어진 피를 문자로 채울 일이다

느닷없이 귀가 먹먹해질 때에는
이비인후과 아닌 클래식 공연장으로 달려갈 일이다
귀를 밝게 하는 것은 비타민 E가 아닌
신경을 타고 흐르는 음률
길바닥에 있는 듯, 와닿는 소리가 떡 지는 날에는
'징코민'이 아니라 좋은 음악을 들을 일이다
헝클어진 신경 줄을 음률지게 할 일이다

먹거리 앞에서 이빨 아플 때에는
치과 아닌 기도실로 갈 일이다
이를 튼튼하게 하는 것은 칼슘 아닌
입안 가득 채우는 향기로운 말

시궁창인 양 입에서 악취 나는 날에는
'이가탄'이 아니라 기도를 할 일이다

나이 들어 흐릿하고, 먹먹하고, 아픈 날이 잦아질 때에는
문자와 음률과 아름다운 말에
온몸을 던져 넣을 일이다

아직은 젊다

여름이라 부르면
여름이 되고 가을이라 부르면
가을이 되는 때입니다
반팔옷을 입으면
여름이 되고 긴소매 옷을 입으면
가을이 되는 시간입니다

일흔도 안 된 이 나이
찢어진 청바지 입고
머리에는 무스 잔뜩 바를 테니
누가 "아직은 젊다"고 해 주십시오

세월 따라 늙는다는 것이
저승 가는 일이기보다
죄인 되는 일이 되어 버린 시대
내 젊어서 받은 훈장 모두 반납할 테니
"늙지 않았다"해 주십시오
이름 붙이는 대로 가는 이 참에
아직은 해야 할 일이 많은 "젊은이"라 불러 주십시오

>
스멀스멀 해가 짧아져 가니
어서어서 그렇게 해 주십시오

교내 매점

친구야
5교시가 끝나면 매점에 가자
도시락은 3교시에 비워 버려
점심시간엔 아무것도 먹지 못했다

친구야
돈벌이만큼 어려운 미적분 때문에
자식처럼 정신 뜯어먹는 졸음 때문에
정치인만큼 헷갈리는 선생님 설명 때문에
5교시는 정말로 힘들다

그러니, 친구야 벨이 울리면 매점으로 가자
가서 단팥빵 하나씩 먹자
뭐든 먹지 않고는 버틸 수가 없을 것 같다
우리에겐 6 · 7교시가 아직 남아 있지 않으냐
야간자습까지 추가로 해야 하지 않느냐

끝도 없는 인생 수업에 지쳐 있는 친구야
쉬는 시간이라도 기지개 한번 제대로 켜지 못한 이 친구야
5교시가 끝나면 반지하층 식당 옆에 있는

교내 매점에 가자

가서, 주머니 탈탈 털어 맛있는 것 사 먹자
후덕한 아주머니가 주는 빵 건네받아 웃으며 먹자
그 누구의 눈치도 보지 말고
맛있게 한번 먹어 보자

오래 묵은 감각

칠십 가까이 살았는데
매번 청춘이라 여겨진다 아직은
시간과 나이 사이에서 세월감感을 상실했나 보다

일곱 블록은 족히 걸은 것 같은데
발에서 땀이 나지 않는다
공간과 나이 사이에서 거리감을 상실했나 보다

상실되지 않는 것이 어디 있으랴
팔뚝에 새긴 사랑 문신도 지워지는 법
죽을 고비에서의 굳은 다짐도 흐릿해지는 법

그래도, 골목 나들이 생활을 하려면
때를 가려서 먹고, 일하고, 자야 하고
장소 가려서 입고, 말하고, 싸야 하기에

맑은 날 들판에서
그림자의 길이를 재어 본다
우그러진 시간 감각의 회복을 위해
바람 부는 공원을 걸으며

걸음 수를 세어 본다
축축한 공간 감각을 말리기 위해

근처 학교에서 7교시 마침 차임벨이 울리고
벨 소리에 놀란 새들이 공중으로 날아오른다

서커스 소녀

가늘고 긴 줄의 끝을 붙잡고
서커스 소녀를 생각한다

굵고 짧은 줄과 가늘고 긴 줄을 타고 다니던 소녀

가늘고 긴 줄을 쥐고 온 구차스러움
먼 길을 걷고서야 느낀 이 감정이
서커스 소녀를 생각나게 했으리라
얼마 되지 않는 내 것을 길게 길게 지니기 위해
말에 향신료를 뿌렸던 기억
조금 더 갖기 위해
개업식 바람 풍선처럼 굴었던 기억들이
새처럼 날아다니던 소녀를 떠올리게 했으리라

'내가 왜 이러고 살지'라는 회한이 드는 날에는
굵고 짧은 줄을 쥐어 본 적이 없는 손을 보며
줄을 건너다니던 소녀를 생각한다
그녀가 쥔 마지막 줄이
굵고 짧은 줄인지, 가늘고 긴 줄인지를

건망증

냉장고 속 리모컨에서 내 모습을 본다
알 수 없는 곳에서 떨어져 나와 가슴에 박히는
비늘 한 조각

―세월이 깜빡깜빡하다 나를 엉뚱한 곳에 두지 말기를……
―내가 나를 어색해하지 않기를……
―부디 아내를 보고 "아줌마는 누구인교" 하지 않기를……

저녁 먹은 식당으로 폰 찾으러 가는 걸음은 축축한데
건널목 신호등은 초록불로 깜빡거린다

주름

세월이 뺨을 찰싹 치며
얼굴 속으로 들어온다
손바닥으로 가릴 겨를도 없이
머뭇거리는 자에게 본때를 보이려는 듯

피부에 남겨진 한 줄 흔적
나이 들면 얼굴은 속일 수 없다는데
LED 불빛 아래 진열품같이 드러나는 얼굴 지문

긴 줄과 짧은 줄
깊은 골과 얕은 골

하고픈 말이 얼마나 맴돌았기에
입가 주름이 저리도 많은가
보고픈 것 얼마나 참았길래
눈가 주름이 이리도 엉겼는가
마음이 얼마나 시큰거렸기에
콧등에 주름은 저리도 졌는가

저 주름에 연필 한번 줘 볼까

소설 한 편 쓰게
이 주름에 촬영기 한번 맡겨 볼까
영화 한 편 찍게

걸작보다 더 예술품 같은
내 삶의 주름

세상의 문

밀고 있었다
'말 걸어 주는 사람이 없다'
'세상이 야박하다' 웅얼거리며
당겨야 열리는 문을
손으로 밀고 있었다

골목의 일들이 생겼다 사라지는 이치를
마음속에서 피고 지는 꽃이 더 아름다운 까닭을
알 수 있는 나이가 되어서야
당겨서 여는 세상의 문을
그저 밀고만 있었다는 것을 깨닫게 되었다

나는 온몸으로 세상을 밀어내고 있었던 것이다
팔랑개비가 바람을 밀어내며 제자리를 빙빙 돌듯이
그렇게 살아왔던 것이다

된장찌개, 바람개비 그리고 노래 반주기

삶을 고추처럼 뚝뚝 부러트릴 수 있다면
양파처럼 껍질 벗겨 송송 썰 수가 있다면
우리들의 삶은 좀 더 맛깔스러우리라
된장찌개처럼 구수하리라

삶을 종이처럼 접을 수 있다면
가위로 오리고 풀을 칠하여 덧붙일 수가 있다면
우리들의 삶은 좀 더 멋져 보이리라
바람개비처럼 무지개색으로 빙빙 돌아가리라

서 있으면 전봇대 되고
앉으면 좌변기가 되어 버리는 날에
이렇게도 되고 저렇게도 되어 보는 세계가 없다면
좁은 숨구멍을 넘어 멋지게 펼쳐지는 세계가 없다면
속이 풍선처럼 터져 버릴 것을
길거리를 자동차처럼 질주하게 될 것을

노래방에서 하듯 삶을 선곡할 수 있다면
리모컨 하나로도 음정과 템포를 조절할 수 있다면
우리의 삶은 듣기가 좋으리라
명가수가 부르는 듯 앵콜이 쏟아지리라
귀도, 눈도, 입도 흐뭇한 삶이 되리라

사랑의 힘

꽃잎은 시들어도
향기는 시들지 않는다

―사랑의 힘

나뭇잎은 탈색해도
가지 끝에서 이는 바람 소리는 탁해지지 않는다

―사랑의 힘

바닷물에 내려앉은 햇살을
파도는 떨치지 않는다
눈부시는 반짝임으로 축복할 뿐

―사랑의 힘

감아 오르는 넝쿨을 바위는
밀쳐 내지 않는다
하늘을 오르는 버팀목이 되어 줄 뿐

\>
—사랑의 힘

가슴을 열어도
열정은 날아가지 않는다
아름다운 추억으로 승화할 뿐

—그 위대한 사랑의 힘

폐업 정리

주례삼거리 모퉁이
해를 넘겨 가며 아홉 달째 '폐업 정리' 중인
스포츠 의류 매장

아무리 보아도
뭉치로 저울에 올려졌다 떠밀려 온 브랜드 옷들이 걸려 있다
요즈음 내 삶같이
후줄근하게

이 옷들도 한때는
도심지 매장 진열장에서
지갑 두툼한 사람들의 뜨거운 눈길을 받아 보았으리라
반지 낀 매끄러운 손길도 느껴 보았으리라

하지만, 이 옷들 지금은
듣도 보도 못한 상표의 옷들과 뒤섞여 진열되어 있다
곰팡이가 핀 듯 아닌 듯한 벽을 뒤로하고
연명 치료기 같은 옷걸이에 매달려 있다

자동차들이 세월만큼이나 빠르게 지나가는

주례삼거리 의류 매장에는
오후 첫 손님이 일으켜 놓은 먼지가
노을빛에 반짝이며 매장 안을 서성대는데
"내가 왕년에는 말이지……"라고 중얼거리는 사람같이
이런 저런 브랜드 옷들이 버티듯 걸려 있다
언제일지도 모르는 폐업날을 기다리며

좋은 시에 대한 나의 생각

—김수영 시인님께 보내는 편지

김수영 시인님께

1975년이니까, 벌써 50년이 다 되었습니다. 제가 김수영 시인님 당신을 처음 뵌 지가. 민음사 간행, 오늘의 시인 총서, 김수영 시선, 『거대한 뿌리』, 1975년 3판, 정가 500원. 이 책을 통해 당신을 처음 만난, 대학물을 갓 먹기 시작하던 어린 젊은이는 엉터리 시문학도이었더랬습니다. "남의 시를 많이 읽으면 그 시를 베껴 쓰려 들기 때문에 시집을 읽을 필요가 없다"는 말도 되지 않는 소리를 어디서 얻어듣고서 그것을 실행하려 들던, 시건방지기 짝이 없던 문학도. 이런 문학도에게 부산 장전동 부산대학교 옛 교문 입구 오르막길의 왼쪽 편에 있던 자그만 서점에서 마주한 당신은 '거대한 뿌리'가 아니라 '거대한 망치'였습니다. 20대 초반 시인 지망생의 가슴을 마구마구 때리던 큰 망치.

시집에 실려 있던 65수의 시편 중에서, 당시 제 가슴을 가장 크게 두드린 당신의 시는, 가장 많이 알려진 작품인 "풀이 눕는다/ 비를 몰아오는 동풍에 나부껴/ 풀은 눕고/ 드디어 울었다"의 「풀」이 아니었습니다. 그것은 바로 「달나라의 장난」이라는 제목의 시였습니다. "팽이가 돈다/ 어린아이고 어른이고 살아가는 것이 신기로워/ 물끄러미 보고 있기를 좋아하는 나의 너무 큰 눈앞에서 아이가 팽이를 돌린다"로 시작되는 시를 나는 읽고 또 읽었더랬습니다. 시골 서정이 버무려진 식상한 시어로 채워진 신파 조의 글이 아니라, 도시인들의 일상이 묻어 있는 시어로 쓰여 어렵잖게 읽히는, 그래서 신파 조의 시보다 훨씬 더 가슴을 파고드는 시. 이것이 제가 처음 당신의 시를 대했던 느낌이었던 것입니다.

그런데 당신의 시 내용보다 제 가슴을 더 크게 두드린 것은, 아니 당신의 시가 더욱 절절히 가슴에 와닿게 만든 것은 시집 표지에 있던 당신의 사진이었습니다. 부스스한 머리, 살집 없는 마른 얼굴 그리고 당신 스스로도 "나의 너무 큰 눈"이라고 시에 쓰셨던 그 눈. 이것은 내가 품고 있던 시인의 전형적인 모습 꼭 그대로였습니다. 특히 허무를 헤집는 듯, 퀭하면서도 삶의 의미줄을 놓지 않으려 애쓰고 있는 눈빛, 사진 속 당신의 그 눈빛은 저를 강렬하게 빨아들였습니다.

시인님을, 비록 책으로이기는 했지만, 처음 만나 뵙자마자 저는 시인님 당신을 따르기로 했습니다. 하여 시인 걸멋이 잔뜩 들어 있던 저는 우선 시인님의 모습에 내 외양을 맞추려 했었습니다. 식탐이 있는 저로서는 쉽지 않은 일이었지만, '시인은 모름지기 뚱~ 해서는 안 된다'는 생각을 굳히

고선 비만한 몸을 가지지 않으려 했고, 시인님과 같은 눈빛을 가지려 애썼더랬습니다.

그리고 시인님 글을 흉내 내는 글을 여러 편 쓰기도 했었는데, 그중 하나가 제 첫 시집에 실려 있는 「코끼리 걸음마」입니다. "한 손은 코를 쥐고/ 한 손은 땅을 디뎌/ 코끼리 걸음마를 해 보라/ 감각이 마비된 곳에서/ 코끼리 걸음을 하여 보라/ 살아가려는 내 앞에서/ 그토록 위엄 있던 세상이/ 코끼리 걸음을 배우는 내 앞에선 거꾸로 돈다"라는 구절로 시작되는 이 시는 시인님의 「달나라의 장난」을 모방한 글인 것입니다.

이와 함께 당신의 시를 모델로 하여 습작하는 가운데 '도시 사람의 일상생활어로 쓰인 시', '독자들이 어렵잖게 읽을 수 있는 친절한 시', 그래서 '독자들의 마음에 파고드는 시'가 이 시대의 '제대로 된 좋은 시'라는 생각을 가지게 되었고, 이 생각은 나의 확고한 시 철학이 되었습니다. 시인님, 당신은 시인의 길을 가고자 하는 저에게 든든한 길잡이가 되어 주신 것입니다.

김수영 시인님,

요즘 우리 시단의 모습을 보고 있노라면, 당신께서 저에게 갖게 해 주신 시 철학의 '적절함'을 새삼스럽게 느끼게 됩니다. 공장에서 물건 찍어 내듯 시인이 양산되어 시가 넘쳐 나는 시대. 한쪽에서는 1940-50년대 김소월 시대의 시 정서와 시어가 대충 버무려진 '늙은 소녀 소년들의 시'가 무더기를 이루고 있고, 또 다른 한쪽 모퉁이에서는 문학 엘리트를 자처하는 시인들이 '낯설게 보기'라는 미명 아래 마음대로 조

립해 낸, 도대체 무슨 소리를 하고 있는지 알 수 없는, 그래서 읽으면 '가슴 아닌 머리에 진동이 오는 시'가 접근 불가 구역을 이루고 있는 시대. 시들이 너무 어려워서, 아니면 생활 정서와 너무 동떨어져 있기 때문에 시민들이 시가 아닌 상업 광고의 카피에서 오히려 시적 감동을 받는 시대. 이런 시대에 너덜너덜해진 시적 감성과 시어가 아닌 현대적인 일상생활 감성이 묻어 있는 시어로 엮어진 시, 그러면서도 암호문 해독하듯 읽지 않아도 되는 시가 좋은 시라는 생각은 너무도 적절한 것입니다.

이 글을 쓰기 위해 내 책장 속 당신 시집을 펼쳐 드니 "개새끼여 침을 뱉어라"라고 쓰인 저의 거친 낙서가 보입니다. "시여 침을 뱉어라"라는 시인님의 산문집 제목을 옮겨 적은 투의 이 낙서는 저를 쑥스럽게 만들면서도, 20대 초반 제 모습으로의 긴 여행을 떠나게 만듭니다. 오늘 저녁에는 이 여행담을 시로 적어 볼까 합니다.

목영해 올림

천년의시인선